Le dernier jour d'un condamné

FichesdeLecture.com

Le dernier jour
d'un condamné
(Fiche de lecture)

I. INTRODUCTION

Le Dernier jour d'un condamné est un roman écrit par Victor Hugo. Publié chez Gosselin en 1829, il constitue un plaidoyer fort et émouvant pour l'abolition de la peine de mort. Le célèbre écrivain, en effet, est choqué à plusieurs reprises face à la guillotine, car il ne comprend pas que la société puisse condamner des accusés à être tués ainsi, alors que c'est ce que l'on leur reproche, et ce de sang-froid. L'ouvrage est écrit rapidement, et publié sans précision de nom d'auteur. Hugo ajoute une préface signée de son nom en 1832, afin de revenir sur les critiques qui lui ont été faites. Quelques hommes lui déclarent pourtant leur soutien et leur admiration, à l'image de Sainte Beuve.

II. RÉSUMÉ DE L'ŒUVRE

Les différentes Préfaces

L'une des spécificités de cette œuvre est que Victor Hugo y a ajouté trois Préfaces. Lors de la première édition du livre, l'écrivain nous annonce que l'histoire est soit un journal laissé par le condamné, soit des réflexions d'un poète ou d'un philosophe ; libre au lecteur d'en décider. On note d'ailleurs que cette édition ne comporte pas de nom d'auteur. Mais par la suite, l'identité de l'auteur commence à circuler. Or l'ouvrage fait couler beaucoup d'encre, et les critiques ne sont pas toujours tendres à son égard. C'est pourquoi Hugo décide d'écrire une seconde Préface (destinée à la troisième édition de 1839), dans laquelle il compose une saynète visant à parodier les critiques des bourgeois à l'égard de l'œuvre. S'y décèle clairement la déception de l'auteur, qui se sent profondément incompris, mais aussi sa volonté de provoquer encore et toujours, afin que le lecteur porte un regard réfléchi et intéressé sur cette histoire.

Une troisième Préface voit le jour en 1832, soit trois ans plus tard. Plus construite et détaillée que les deux précédentes, elle comporte une argumentation complète de l'écrivain, qui annonce plus clairement sa finalité : *Le dernier jour d'un condamné* est bel et bien (nous aurions pu nous en douter) un réquisitoire contre la peine capitale. Hugo précise qu'il a choisi un personnage principal anonyme et quelconque pour que son héros incarne un message universel. De plus, l'écrivain propose des descriptions atroces, car réalistes, des exécutions. Cela lui permet d'insister sur la violence, la cruauté de ces dernières. D'un point de vue plus politique, Victor Hugo rappelle qu'on a failli abolir la peine de mort en 1830, même si c'était pour de mauvaises raisons. Le message s'adresse également aux magistrats, et pas seulement au lecteur lambda, mais aussi au bourreau, véritable « chien du juge ». La spécificité de cette Préface est qu'elle préconise une évolution complète du fonctionnement du système, et non l'abolition de la peine de mort per se, de manière immédiate.

Le récit lui-même

La diversité des Préfaces n'a changé en rien le contenu de l'histoire, qui est la suivante ; un prisonnier attend la mort dans sa cellule de la prison de Bicêtre.

Nous assistons à l'évolution de ses pensées, de ses sentiments, de ses peurs, au fur et à mesure que le jour de l'exécution approche. Cette période nous donne aussi plus d'indications sur la vie de la prison, au quotidien.

Chapitres I à IX

Bien que les parties du journal qui nous auraient permis d'en apprendre plus sur l'identité et le crime du narrateur aient été perdues, ces chapitres nous racontent son procès et la manière dont il a été condamné.

Chapitres X à XII

La description de sa cellule est atroce, car elle ressemble à une tombe par avance, taguée des inscriptions des condamnés précédents.

Chapitres XIII à XV

Plusieurs détenus doivent être transférés à Toulon, où le bagne les attend. Le condamné assiste à leur départ.

Chapitres XVI à 24

Une jeune femme chante en argot. Dans les mêmes instants, le héros ne peut détacher son esprit de l'envie de s'évader. Puis il apprend qu'on va l'exécuter le jour même.

Il est transféré à la Conciergerie, où il rencontre un autre homme destiné l'exécution, un « friauche » comme le désigne Hugo.

Chapitres XXV à fin

Dans l'esprit du condamné se décuple l'angoisse à l'idée de son exécution. Par exemple, il ne cesse d'essayer de s'imaginer comment on meurt lorsque l'on est guillotiné.

La visite d'un prêtre ne l'apaise absolument pas, car ce dernier n'ouvre pas véritablement le dialogue entre eux. Il parle presque comme un robot, comme s'il s'agissait d'une routine pour lui (ce qui est le cas, d'une certaine manière). Le condamné reste donc seul avec sa terreur de la mort.

Un peu plus tard, sa fille Marie vient le voir. Elle est très jeune (environ 3 ans), et leur rencontre n'apaise pas le héros. Au contraire, il se sent plus isolé que jamais : la toute jeune enfant lui apprend en effet que sa mère lui a dit que son père était mort, et qu'elle ne le voit plus depuis des mois... le héros est accablé, car pour sa fille, il est déjà un homme mort...

Elle ne le reconnaît vraiment pas : « non, mon papa était beaucoup plus beau ».

Pour son exécution, le condamné est mené à la Place de Grève. Là l'attend l'échafaud, et donc la résolution finale. Mais avant, le héros doit se confronter à la foule qui l'attend sur son passage. Les gens applaudissent, vont jusqu'à rire ; il s'agit d'un véritable spectacle.

Le narrateur est dans un grand état de confusion mentale, de panique, de désespoir. Alors que la mort approche, il supplie pour sa vie, se refuse à la sentence, s'agite jusqu'à trembler de tous ses membres. Il avoue même préférer une vie de douleur en tant que forçat, plutôt que la guillotine. Soudain pourtant, la résignation l'emporte, accompagnée de multiples questions sur ce passage, l'« après »... Le héros imagine alors qu'il pourrait revenir hanter les lieux. Mais il voit aussi des images du paradis et de l'enfer.

À quatre heures, il est l'heure pour le bourreau de l'exécuter. L'écriture touche à sa fin.

III. PORTRAIT DU CONDAMNÉ

L'ensemble de l'œuvre se focalise sur la pensée et une partie de vie d'un héros, le condamné, qui reste anonyme et assez flou durant toute la durée de l'ouvrage. Nous l'avons déjà vu, il s'agit d'une volonté de Victor Hugo, bien spécifique pour servir sa démarche de plaidoyer à caractère universel.

Le protagoniste reste donc un élément de mystère. Nous apprenons à travers les lignes qu'il est plutôt ordinaire, et que si le terme de « héros » peut sembler peu approprié, celui de criminel ne convient pas non plus, loin de là. C'est un être humain finalement très commun, Monsieur-tout-le-monde, doté cependant d'une certaine éducation, puisqu'il sait lire, écrire, parler d'une manière correcte, et qu'il possède des rudiments de latin.

Hugo le présente en ces termes : « raffiné par l'éducation », quelques mots de latin », « apprend l'argot ».

L'écrivain nous entraîne, par le chapitre XLVII, sur une fausse piste destinée à nous faire connaître son existence... puisque ce dernier n'a pas de contenu ! Cet anonymat donne un caractère universel au condamné. Il incarne toutes les victimes de la peine capitale, et son absence de visage lui permet d'être porteur de tous les visages... L'idée n'est donc pas de s'attacher à lui, spécifiquement (d'où encore le décalage du terme de « héros »), mais à l'homme en tant que tel, le condamné, qu'il soit innocent ou coupable (et peu importe, selon Hugo). Pour cette raison également, le caractère de l'homme est peu visible, dans la mesure où il est en proie à des pensées ou des sentiments contradictoires ; il est donc porteur de nombreuses identités. De même, les sentiments qui l'animent sont ceux de tous les êtres humains, même s'il s'agit évidemment de circonstances particulières : peur, remords, angoisse, colère... et surtout espoir, malgré des instants de grande peine. Mais il se montre digne juste avant l'exécution finale.

Quelques éléments nous sont tout de même apportés, par bribes. Il avait une femme et une mère encore vivante ; surtout, sa toute jeune fille Marie, âgée de trois ans, vient lui rendre visite sans le reconnaître, ce qui est dû aux mensonges de sa mère.

Son âge est indéfini, mais ces éléments nous laissent à penser que c'est un homme encore assez jeune.

D'un passé plus lointain, nous en apprenons plus sur ses sentiments pour une connaissance d'enfance, Pepa.

Mais là où la présentation du personnage est tout aussi lacunaire qu'originale, c'est que nous ne savons rien du crime pour lequel il a été accusé et condamné. Tout au plus voyons-nous qu'il accepte sa condamnation et éprouve des remords pour cet acte inconnu.

IV. AXES D'ANALYSE

Dénonciation de la peine de mort

Comme l'a clairement annoncé Hugo dans l'une de ses Préfaces, l'ouvrage condamne la peine capitale, qu'il s'agisse d'innocents ou de coupables. Le châtiment est en effet jugé inhumain par l'auteur. On le voit aussi aux procédés rhétoriques ironiques et hyperboliques par lesquels il provoque les lecteurs en leur disant à peu près ceci : si vous voulez vraiment des exécutions qui feront des exemples, alors rendez les horribles, placez les cadavres en plein cœur des villes, et que toute cette atrocité marque les esprits (et les sens...).

En réalité, il ne pense pas du tout cela, mais dénonce violemment la peine de mort, ce qui lui sera d'ailleurs reproché et conduira à ces nombreuses Préfaces publiées suite aux premières critiques.

Afin d'élargir la pensée de l'auteur à ce propos, il est important de resituer cet ouvrage dans la lutte plus large de Victor Hugo contre la peine capitale. En témoignent ces extraits d'un discours qu'il prononce devant l'Assemblée Constituante, le 15 septembre 1848 :

« Eh bien, songez-y, qu'est-ce que la peine de mort ? La peine de mort est le signe spécial et éternel de la barbarie. (Mouvement.) Partout où la peine de mort est prodiguée, la barbarie domine ; partout où la peine de mort est rare, la civilisation règne. (Sensation.)

Messieurs, ce sont là des faits incontestables. L'adoucissement de la pénalité est un grand et sérieux progrès. Le dix-huitième siècle, c'est là une partie de sa gloire, a aboli la torture ; le dix-neuvième siècle abolira la peine de mort. (Vive adhésion. Oui ! oui !)

Vous ne l'abolirez pas peut-être aujourd'hui ; mais, n'en doutez pas, demain vous l'abolirez, ou vos successeurs l'aboliront. (Nous l'abolirons ! Agitation.) » (...) *« Je vote l'abolition pure, simple et définitive de la peine de mort. »*

Il faudra pourtant attendre plus d'un siècle pour que cette abolition soit décidée. On note d'ailleurs quelques points communs dans le discours de Robert Badinter devant l'Assemblée, en septembre 1981 :

« Monsieur le président, mesdames, messieurs les députés, j'ai l'honneur au nom du Gouvernement de la République, de demander à l'Assemblée nationale l'abolition de la peine de mort en France. » (...) *« Pourquoi ce retard ? Voilà la première question qui se pose à nous. Ce n'est pas la faute du génie national. C'est de France, c'est de cette enceinte souvent, que se sont levées les plus grandes voix, celles qui ont résonné le plus haut et le plus loin dans la conscience humaine, celles qui ont soutenu, avec le plus d'éloquence la cause de l'abolition. Vous avez, fort justement, monsieur Forni, rappelé Hugo, j'y ajouterai, parmi les écrivains, Camus. Comment, dans cette enceinte, ne pas penser aussi à Gambetta, à Clemenceau et surtout au grand Jaurès ? Tous se sont levés. Tous ont soutenu la cause de l'abolition. Alors pourquoi le silence a-t-il persisté et pourquoi n'avons-nous pas aboli ? Je ne pense pas non plus que ce soit à cause du tempérament national. Les Français ne sont certes pas plus répressifs, moins humains que les autres peuples. Je le sais par expérience. Juges et jurés français savent être aussi généreux que les autres. La réponse n'est donc pas là. Il faut la chercher ailleurs. »*

Les forçats, thème récurrent

En réalité, Hugo en a profité pour évoquer le système judiciaire et carcéral dans son ensemble.

L'un des chapitres est particulièrement marqué par la description des forçats, des galériens. Le regard passe du collectif à la figure particulière, mais l'aspect sinistre du spectacle est toujours aussi dur, ou bien encore touchant : « Nuées d'hommes hideux, hurlants et déguenillés. C'étaient les forçats. », « Un jeune homme de dix-sept ans, qui avait un visage de jeune fille », « Un seul, un vieux, avait conservé quelque gaieté ».

Tel un rituel, ils sont habillés, comme des poupées, avec « distribution de chemise, veste et pantalon de grosse toile » et de « colliers ». Les humains disparaissent alors derrière le rôle que leur a attribué la société, celui de forçat. Cette vision déchire même le héros, pourtant condamné à mort, et provoque en lui de nombreux sentiments contradictoires : « un amusement » ; « je regardai avec terreur tous ces profils dans leurs cadres de fer » ; « j'observai ce spectacle étrange avec une curiosité si avide, si palpitante, si attentive… » ; « Un profond sentiment de pitié me remuait jusqu'aux entrailles, et leur rire me faisait pleurer. » Il en va de même pour la foule, qui observe tout cela avec une curiosité morbide, un voyeurisme certain. La Loi et son application, comme dans l'exécution finale et le ferrage, deviennent rituel et spectacle.

La figure du forçat est un thème cher à Hugo, puisqu'on le retrouve dans *Les Misérables*. Jean Valjean a en effet des points communs certains avec ces galériens : « *Il partit pour Toulon. Il y arriva après un voyage de vingt-sept jours, sur une charrette, la chaîne au cou. À Toulon, il fut revêtu de la casaque rouge. Tout s'effaça de ce qui avait été sa vie, jusqu'à son nom ; il ne fut même plus Jean Valjean ; il fut le numéro 24601. Que devint la sœur ? Que devinrent les sept enfants ? Qui est-ce qui s'occupe de cela ? Que devient la poignée de feuilles u jeune arbre scié par le pied ? C'est toujours la même histoire. Ces pauvres êtres vivants, ces créatures de Dieu, sans appui désormais, sans guide, sans asile, s'en allèrent au hasard, qui sait même ? Chacun de leur côté peut-être, et s'enfoncèrent peu à peu dans cette froide brume où s'engloutissent les destinées solitaires, mornes ténèbres où disparaissent successivement tant de têtes infortunées dans la sombre marche du genre humain.* » Les Misérables, livre I, chapitre IV.

Dans la même collection en numérique

Les Misérables
Le messager d'Athènes
Candide
L'Etranger
Rhinocéros
Antigone
Le père Goriot
La Peste
Balzac et la petite tailleuse chinoise
Le Roi Arthur
L'Avare
Pierre et Jean
L'Homme qui a séduit le soleil
Alcools
L'Affaire Caïus
La gloire de mon père
L'Ordinatueur
Le médecin malgré lui
La rivière à l'envers - Tomek
Le Journal d'Anne Frank
Le monde perdu
Le royaume de Kensuké
Un Sac De Billes
Baby-sitter blues
Le fantôme de maître Guillemin
Trois contes
Kamo, l'agence Babel
Le Garçon en pyjama rayé
Les Contemplations

Escadrille 80

Inconnu à cette adresse

La controverse de Valladolid

Les Vilains petits canards

Une partie de campagne

Cahier d'un retour au pays natal

Dora Bruder

L'Enfant et la rivière

Moderato Cantabile

Alice au pays des merveilles

Le faucon déniché

Une vie

Chronique des Indiens Guayaki

Je voudrais que quelqu'un m'attende quelque part

La nuit de Valognes

Œdipe

Disparition Programmée

Education européenne

L'auberge rouge

L'Illiade

Le voyage de Monsieur Perrichon

Lucrèce Borgia

Paul et Virginie

Ursule Mirouët

Discours sur les fondements de l'inégalité

L'adversaire

La petite Fadette

La prochaine fois

Le blé en herbe

Le Mystère de la Chambre Jaune

Les Hauts des Hurlevent

Les perses

Mondo et autres histoires

Vingt mille lieues sous les mers

99 francs

Arria Marcella

Chante Luna

Emile, ou de l'éducation
Histoires extraordinaires
L'homme invisible
La bibliothécaire
La cicatrice
La croix des pauvres
La fille du capitaine
Le Crime de l'Orient-Express
Le Faucon malté
Le hussard sur le toit
Le Livre dont vous êtes la victime
Les cinq écus de Bretagne
No pasarán, le jeu
Quand j'avais cinq ans je m'ai tué
Si tu veux être mon amie
Tristan et Iseult
Une bouteille dans la mer de Gaza
Cent ans de solitude
Contes à l'envers
Contes et nouvelles en vers
Dalva
Jean de Florette
L'homme qui voulait être heureux
L'île mystérieuse
La Dame aux camélias
La petite sirène
La planète des singes
La Religieuse
1984 A l'Ouest rien de nouveau
Aliocha
Andromaque
Au bonheur des dames
Bel ami
Bérénice
Caligula
Cannibale
Carmen

Chronique d'une mort annoncée

Contes des frères Grimm

Cyrano de Bergerac

Des souris et des hommes

Deux ans de vacances

Dom Juan

Electre

En attendant Godot

Enfance

Eugénie Grandet

Fahrenheit 451

Fin de partie

Frankenstein

Gargantua

Germinal

Hamlet

Horace

Huis Clos

Jacques le fataliste

Jane Eyre

Knock

L'homme qui rit

La Bête humaine

La Cantatrice Chauve

La chartreuse de Parme

La cousine Bette

La Curée

La Farce de Maitre Pathelin

La ferme des animaux

La guerre de Troie n'aura pas lieu

La leçon

La Machine Infernale

La métamorphose

La mort du roi Tsongor

La nuit des temps

La nuit du renard

La Parure

La peau de chagrin
La Petite Fille de Monsieur Linh
La Photo qui tue
La Plage d'Ostende
La princesse de Clèves
La promesse de l'aube
La Vénus d'Ille
La vie devant soi
L'alchimiste
L'Amant
L'Ami retrouvé
L'appel de la forêt
L'assassin habite au 21
L'assommoir
L'attentat
L'attrape-coeurs
Le Bal
Le Barbier de Séville
Le Bourgeois Gentilhomme
Le Capitaine Fracasse
Le chat noir
Le chien des Baskerville
Le Cid
Le Colonel Chabert
Le Comte de Monte-Cristo
Le dernier jour d'un condamné
Le diable au corps
Le Grand Meaulnes
Le Grand Troupeau
Le Horla
Le jeu de l'amour et du hasard
Le Joueur d'échecs
Le Lion
Le liseur
Le malade imaginaire
Le Mariage de Figaro
Le meilleur des mondes

Le Monde comme il va

Le Parfum

Le Passeur

Le Petit Prince

Le pianiste

Le Prince

Le Roman de la momie

Le Roman de Renart

Le Rouge et le Noir

Le Soleil des Scortas

Le Tartuffe

Le vieux qui lisait des romans d'amour

L'Ecole des Femmes

L'Ecume Des Jours

Les Bonnes

Les Caprices de Marianne

Les cerfs-volants de Kaboul

Les contes de la Bécasse

Les dix petits nègres

Les femmes savantes

Les fourberies de Scapin

Les Justes

Les Lettres Persanes

Les liaisons dangereuses

Les Métamorphoses

Les Mouches

Les Trois mousquetaires

L'étrange cas du Dr Jekyll et de Mr Hyde

L'Ile Au Trésor

L'île des esclaves

L'illusion comique

L'Ingénu

L'Odyssée

L'Ombre du vent

Lorenzaccio

Madame Bovary

Manon Lescaut

Micromégas
Mon ami Frédéric
Mon bel oranger
Nana
Ne tirez pas sur l'oiseau moqueur
Notre-Dame de Paris
Oliver twist
On ne badine pas avec l'amour
Oscar et la dame rose
Pantagruel
Le Misanthrope
Perceval ou le conte du Graal
Phèdre
Ravage
Roméo et Juliette
Ruy Blas
Sa Majesté des Mouches
Si c'est un homme
Stupeur et tremblements
Supplément au voyage de Bougainville
Tanguy
Thérèse Desqueyroux
Thérèse Raquin
Ubu Roi
Un Barrage contre le Pacifique
Un long dimanche de fiançailles
Un secret
Vendredi ou la vie sauvage
Vipère au poing
Voyage au bout de la nuit
Voyage au centre de la terre
Yvain ou le Chevalier au lion
Zadig

À propos de la collection

La série FichesdeLecture.com offre des contenus éducatifs aux étudiants et aux professeurs tels que : des résumés, des analyses littéraires, des questionnaires et des commentaires sur la littérature moderne et classique. Nos documents sont prévus comme des compléments à la lecture des oeuvres originales et aide les étudiants à comprendre la littérature.

Fondé en 2001, notre site FichesdeLectures.com s'est développé très rapidement et propose désormais plus de 2500 documents directement téléchargeables en ligne, devenant ainsi le premier site d'analyses littéraires en ligne de langue française.

FichesdeLecture est partenaire du Ministère de l'Education du Luxembourg depuis 2009.

Plus d'informations sur www.fichesdelecture.com

Notes :